LA GUIRLANDE DE ROSES

RECUEIL

DES PIÈCES DE POÉSIE

ADMISES AU CONCOURS LITTÉRAIRE

OUVERT A SAINT-MALO AU MOIS D'AOUT 1873

par

Henri GORON

DIRECTEUR de la *Chronique des Bains de Mer*

Imprimerie Renault, place Duguay-Trouin, Saint-Malo.

Y

1873

LA
GUIRLANDE DE ROSES

LA GUIRLANDE DE ROSES

RECUEIL

DES PIÈCES DE POÉSIE

ADMISES AU CONCOURS LITTÉRAIRE

OUVERT A SAINT-MALO AU MOIS D'AOUT 1873

par

Henri GORON

DIRECTEUR de la *Chronique des Bains de Mer.*

Imprimerie Renault, place Duguay-Trouïn, Saint-Malo.

1873

A LA PERSONNE

Qui a eu l'idée de la Guirlande de Roses

Vous vous croyez toujours au beau temps de Julie,
Lorsque le madrigal, cette fleur d'Italie,
Transporté par l'amour à la cour du grand roi,
Naissait jusques aux mains des vainqueurs de Rocroi ;
Les temps sont bien changés, hélas ! la poésie,
Que l'orgueilleux Louis voyait sans jalousie,
Dans l'Olympe d'alors, assise auprès de lui,
Est du nombre des dieux qu'on néglige aujourd'hui.
Elle, qui si longtemps, du haut des monts d'Attique,
Vit le monde courbé devant son sceptre antique,
S'endort seule à présent sur ses autels déserts,
Et des temples moins purs ont séduit l'Univers.
Mais nous, ne soyons pas de ces foules serviles
Aux parois fréquentés portant leurs fronts stériles :

1

Amants de sa beauté jusque dans son sommeil,
Puisqu'elle dort encore, espérons son réveil ;
Tant qu'un hasard rustique unira dans nos plaines
L'humble pâleur du saule à la verdeur des chênes,
Tant que de nids nouveaux, de fleurs, d'yeux de quinze ans,
Le ciel, toujours le même, ornera ses printemps,
Fermes dans notre amour qui la sait immortelle,
Nous garderons son culte, et nous croirons en elle,
Comme on croit à des traits que le cœur a rêvés,
Qu'on rencontre partout, qu'on n'a jamais trouvés.

L.-M. (DE PARIS.)

Une Mention honorable a été décernée à l'auteur de cette pièce, à qui M. Henri Goron, organisateur du concours, adresse ses remercîments particuliers.

L'ENFANT MORTE

Pièce Couronnée par la Commission

> ..... Il n'est plus dans mon cœur
> Une fibre qui n'ait résonné sa douleur....
> [LAMARTINE.]

J'arrivais. Je venais de faire un long voyage.
Il avait fait bien chaud tout le jour ; mon visage

Ruisselait : j'avais soif, j'avais faim. Et pourtant
Mes pieds étaient légers, — plus légers qu'en partant !
Ah ! c'est que mes regards entrevoyaient, dorée
Par les feux du couchant, la demeure ignorée
Où j'avais, le matin, laissé sur les genoux
De sa mère, ma fille, ange aux regards si doux !
Ma fille, mon enfant rose, à la tête blonde,
Mon âme, mon trésor, — toute ma joie au monde !
Il me semblait la voir tendre ses petits bras,
Les nouer à mon cou ! De ses doigts délicats
Me caresser les yeux, la bouche, d'un sourire
Ensoleillant mon cœur de père ! — puis, me dire
Avec de petits cris joyeux : Papa ! papa !
J'arrivai. Flik, mon chien, sinistrement jappa.
Je frissonnai. J'ouvris toute grande la porte ;
Les tempes me battaient. — Pâle comme une morte,
Ma fille agonisait dans son petit berceau !
Sa mère, les deux bras joints sur elle, en arceau,
Lui caressait le front du vent de ses prières.
Je m'approchai. La fièvre allumait ses paupières :
Son regard me brûlait — et ne me voyait pas !
— Ma femme, réveillée au bruit sec de mes pas,
Se dressa devant moi comme un spectre. Pauvre âme !
Elle avait la pâleur de notre enfant, ma femme !...

— George ! Ah ! soyez béni, mon Dieu ! mon George est là,
Mon enfant est sauvée ! Oui, Georges, te voilà,
Je n'ai plus peur. Viens, viens ! entre nous deux notre ange
Ne s'envolera pas. — J'ai fait un rêve étrange :

« Je tenais Georgina sur mon sein ; tout à coup,

« Comme si quelque chose avait mordu son cou,

« Ses petits bras se sont tordus en l'air ; sa gorge

« A râlé sourdement : c'était effrayant, George !

« Subitement j'ai vu son visage rosé

« Qui devenait d'un blanc livide. J'ai posé

« L'enfant dans le berceau. Quand j'ai levé la tête,

« Un spectre était debout devant moi, là !... — Muette

« J'ai senti mes genoux trembler. Sous ses regards

« De fantôme, mes yeux sont devenus hagards...

« Sans faire un mouvement, lui, le spectre livide,

« Sans cesse entre nous deux rétrécissait le vide !

« Ah ! Georges ! c'était un songe horrible, étouffant !

« Je sentais de mes bras s'échapper mon enfant,

« Et ses mains, lentement, s'avancer vers sa couche !

« Une haleine glacée a passé sur ma bouche ;

« J'ai fermé les yeux... Quand mon front s'est réveillé,

« A sa place, j'ai vu mon George agenouillé !... »

C'était un rêve. Vois les couleurs lui reviennent !
Ses yeux s'ouvrent. Ils vont nous voir ; ils se souviennent !
Tout son corps a frémi doucement. — En effet,
Comme un ciel orageux s'éclaire tout à fait,
Tout à coup, et reluit, — ses paupières s'ouvrirent ;
Ses bras par la douleur roidis, se détendirent,
Et sa bouche sourit en murmurant : Papa...

Le son de cette voix stridente me frappa.

Jeanne, ma femme, était folle de joie, — aux anges !
Elle avait des éclats de voix fauves, étranges.

Elle prit quelque chose, à côté du berceau,
Dans l'armoire. C'était un modeste trousseau
Tout blanc. — Je l'avais fait en secret, me dit-elle,
Pardonne-moi. Vois-tu, comme elle sera belle,
Quand ses petites mains, dimanche, jetteront
Des roses au Seigneur, — une couronne au front ?
Je souriais ; j'avais le désespoir dans l'âme.
Ma fille avait jeté, comme fait une flamme
En mourant, un éclair joyeux — et s'éteignait !
Des couleurs de la mort tout son corps se teignait ;
C'était affreux. Ma femme hésitait à comprendre.
— George ! ô mon Dieu, crois-tu qu'on va nous la reprendre?
Georges !... Je vis ses yeux sombres s'emplir d'effroi,
Et fléchir ses genoux : elle avait senti froid
Le corps de son enfant ! Elle avait été forte ;
Mais lorsqu'elle comprit que sa fille était morte,
Elle ne fit qu'un cri terrible — et s'affaissa...

Alors devant mes yeux un nuage passa,
Et ma tête heurta le bois de la fenêtre.
Je sentis un frisson courir par tout mon être,
Mes oreilles tinter, — et je m'évanouis.
Quand je me réveillai, mes regards éblouis
Errèrent quelque temps sans voir. Près de la porte,
Un seul être veillait sur cette chambre morte.
Il avait l'œil éteint, mais il était debout,
Triste, silencieux : son cœur comprenait tout !
C'était mon Flik, — un chien qui veillait des cadavres !...

. . . .

Mais pourquoi, ma pensée, à mon cœur, que tu navres,
Venir lui retracer cette scène de deuil ?
On plaça notre enfant dans un petit cercueil.
Sur son front, on posa des fleurs blanches comme elle !
Quoique morte, mon Dieu ! que ma fille était belle !
Elle souriait. — Ah ! peut-être en s'envolant,
Et lorsqu'elle entendit son ange l'appelant,
Elle tendit vers nous ses regards, pour nous dire
Un éternel adieu dans un dernier sourire !

Lorsque l'on enleva le corps de notre enfant,
Ma femme, comme on sort d'un délire étouffant,
S'éveilla ; mais son cœur n'eut pas une parole :
La femme, hélas ! vivait, — mais la mère était folle !.. ...

. . . .

Les rosiers ont fleuri deux fois, depuis le jour
Où la tombe a ravi notre ange à notre amour !
Mes cheveux ont blanchi ; mon front, sur ma poitrine,
Comme un front de vieillard, chauve, triste, s'incline.
Le malheur a creusé, de ses ongles de fer,
Des sillons tortueux et profonds dans ma chair !
Je suis jeune — et je suis faible comme une femme !
Ah ! pourquoi m'avoir pris le corps — et laissé l'âme,
La raison, ce regard incessant, ce flambeau
Qui pâlit lorsqu'il brûle à côté d'un tombeau !
— Jeanne est gaie, au milieu du deuil qui m'environne :
Son front s'épanouit comme un lis, — et rayonne.
Pauvre âme ! Elle est heureuse, elle ! Elle ne sait pas
Quand, son bras sous le mien, ses pas suivent mes pas,

Que je n'ai plus d'asile — et que, de porte en porte,
Ma main mendie au nom de notre chère morte !

Car, hélas ! vint un jour où je n'eus plus de pain
Pour lui donner ! alors je la pris par la main,
Je saluai trois fois notre pauvre demeure
Où brillait tant de joie — avant que l'enfant meure !
Et, le regard perdu, sans savoir où j'allais,
Je marchais tout le jour dans les sentiers brûlés ;
Et la nuit, nous dormions aux regards des étoiles !
Flik, — lorsque le jour point, chassant les derniers voiles, —
Nous réveille, ami sûr ! par des jappements doux.
Jeanne dit quelquefois : Quand arriverons-nous ?
Que lui dire, mon Dieu ! ma maison, ils l'ont prise !
Et pour manteau je n'ai qu'un sac de toile grise.... ....

. . . .

Et le peuple, un enfant qui rit de la douleur,
Au lieu de saluer deux martyrs du malheur,
En nous voyant passer, dit, levant son épaule :
— Voilà Georges le vieux ! voilà Jeanne la folle !

E. ROGER,

ancien professeur à Carcassonne.

SUR LA PLAGE

(ÉLÉGIE)

Elle avait seize ans, c'est bien tôt pour mourir.

(LAMARTINE.)

C'était à Saint-Malo, par une nuit d'étoiles,
Les vaisseaux reposaient, ayant plié leurs voiles,
Et quelques douaniers, au loin, dans l'ombre épars,
Immobiles, veillaient, accoudés aux remparts.
Dans leurs sombres manteaux drapés jusqu'au visage,
Ils écoutaient la mer, qui montait sur la plage.
Et le long des écueils, venait en gémissant,
Briser l'effort sans fin de son flot languissant.
Cette nuit, dérobée aux rives d'Italie,
Etait pleine d'amour, et de mélancolie...

C'est là, que je la vis pour la première fois,
Au bras de son vieux père, et j'entendais sa voix,
Douce comme le bruit d'une onde jaillissante,
Qui s'arrête à causer aux cailloux de la pente.
Sa taille était mobile, et fléchissait un peu ;
Elle avait le regard levé vers le ciel bleu
Languissamment : une ombre, un voile de tristesse
Donnait de la grandeur à sa tendre jeunesse.
Ce que ses yeux avaient de pur et de profond,
Le ciel le sait ; le ciel s'y mirait jusqu'au fond.
Tu vis bien, n'est-ce pas, mer, qu'elle était trop belle,
Trop pour qu'elle vécût : la mort est si cruelle !

Sur le sable, affermi par le flot retiré,
Qui semblait, sous la lune, être un sillon doré,
Son petit pied laissait une trace légère ;
Mais le moindre vestige humain est éphémère :
A peine elle marquait l'empreinte de ses pas,
Qu'une vague passait, il n'y paraissait pas.
Et tout s'efface ainsi, sur la terre des hommes.
Nos œuvres, nos amours, et tout ce que nous sommes.
Quand un roseau périt, sous l'ardeur de l'été,
Il abandonne aux flots, le nid qu'il a porté,
L'oiseau laisse à la brise un duvet de son aile,
Le papillon, un peu de l'or dont il ruisselle,
Seuls restes d'une vie ; et toi, mer qui m'entends,
Mer qui ne gardes rien de ceux que tu nous prends.
Si tes souvenirs vont plus loin qu'une marée,
Dis-moi ce que disait cette bouche adorée ;
Tristes mots, car des pleurs venaient mouiller ses yeux,
Et le long de leurs cils, tombaient silencieux

« Père, disait l'enfant, comme la nuit est belle !
» On croirait voir s'étendre une main immortelle,
» Disant aux flots : dormez ; aux vents, ne soufflez pas ;
» Puis d'une voix émue, elle ajouta, si bas
» Qu'à peine un son plaintif vint frapper mon oreille :
» Je voudrais bien mourir dans une nuit pareille. »

« O ma fille, pourquoi parles-tu de mourir ?
» Le temps, vers le trépas, nous fait vite courir :
» Ne lui demande pas. qu'il hâte davantage
» Sa marche : vois mon front, mon corps courbé par l'âge...

» Je te prête l'appui d'un bras qui n'est plus fort,

» Et pourtant, je ne crains ni n'appelle la mort.

» Je saurai la souffrir sans peur, sans amertume,

» Mon cœur ne battra pas plus fort que de coutume ;

» Dieu commande son vol, et moi, depuis longtemps,

» Sachant mon jour prochain, tranquille je l'attends.

» Mais toi qui n'ayant pas ma lourde expérience,

» Sans regrets du passé, peux boire l'espérance,

» Pourquoi veux-tu mourir ? Pourquoi veux-tu jeter

» Cette coupe des jours, que tu n'as pu goûter ?

» Jeune abeille des champs, quelle plante malsaine

» As-tu donc rencontré, en volant par la plaine,

» Pour que ton aiguillon, si jaloux de leur miel,

» Ne trouve plus aux fleurs que l'âcreté du fiel ?

» Va, livre encore au vent ton aile diaprée,

» Epuise les parfums de la rose empourprée ;

» Tu trouveras toujours, au bosquet le meilleur,

» La ciguë, ou l'euphorbe à la traître pâleur,

» Et ces poisons subtils, dont la sauvage ombelle,

» Pour couver son venin, cherche une ombre éternelle,

» Mais tu verras aussi sur le bord du chemin,

» Les menthes, les lilas, la mauve et le jasmin

» Dont le pistil nacré distille l'ambroisie :

» Ma fille, voilà bien l'image de la vie.....

» Ecarte de ton front, écarte ce brouillard,

» Laisse à moi qui suis vieux, ces pensers de vieillard,

» Souris-moi, car jamais tu n'as été si belle.

« — Quand le cygne, percé d'une flèche mortelle,

» L'œil éteint, épuisé de courage et de sang,
» Contre le trait fatal à lutter impuissant,
» Aperçoit, éclairé par la lueur oblique
» De la lune, l'étang du vieux manoir gothique,
» Où fut tressé son nid, pliant l'aile, il s'abat.
» Comme un guerrier qui chante, en mourant au combat»
» Recueillant, à grand peine, une force expirante,
» Il jette au vent du soir sa plainte déchirante.
» La noble châtelaine, éveillée à ce bruit,
» Croyant entendre un barde égaré dans la nuit,
» Qui fait courir ses doigts sur la harpe plaintive,
» Ouvre, pour l'écouter, sa fenêtre en ogive.
» Elle découvre alors, se berçant sur les eaux,
» Comme une forme blanche, au milieu des roseaux :
» Est-ce une aile, une étoile, un ange, une sirène ?
» Non : ce chanteur divin, c'est la mort qui l'amène,
» Ce luth, est par la mort tendu, puis fracassé ;
» Pour que le cygne chante, il faut qu'il soit blessé !

» Mon père, ma beauté, c'est un malheureux signe,
» Un présage de mort, comme le chant du cygne :
» Le souffle, avec effort, s'échappe de mon sein,
» Et la fleur se flétrit, sous ma brûlante main.
» D'un feu sourd et rongeur, je me sens consumée,
» Bientôt, tu n'auras plus ta fille bien-aimée,
» Car je me meurs d'un mal, qui ne pardonne pas. »
Elle se tut, je vis qu'elle priait tout bas.

Hélas, elle dit vrai, la rose s'est fanée,

Le blanc cygne a jeté son dernier chant d'adieu ;
Le vieillard en mourut, dans cette même année ;
  Leurs âmes volèrent à Dieu

Leur tombe fut creusée au coin du cimetière,
Au-dessus, une croix de chêne s'appuya ;
Un prêtre vint y lire une courte prière,
  Et le monde les oublia.
Le monde l'oublia, la vierge pure et belle !
La mémoire des morts est trop lourde à porter...
Non, elle eut un ami : sur la tombe nouvelle,
  Une fauvette vint chanter.

Est-ce donc un grand mal d'être oublié du monde,
D'avoir pour monument les deux bras d'une croix ?
Heureux qui peut encor, sous la terre profonde,
  Etre aimé d'un oiseau des bois.

R.-B., de Maine-et-Loire.

ADIEUX A L'ALSACE

BALLADE

Adieu, pays qui m'a vu naître,
O ma patrie, ô mes amours !
Aujourd'hui l'esclave d'un traître,
Je te regretterai toujours !

Il faut vous dire adieu, mes bien chères campagnes,
Et vous, bosquets fleuris où je rêvais le soir ;

Demain je vais quitter ces sublimes montagnes,
Demain, dès le matin, hélas sans les revoir.
C'est toi, lâche tyran, c'est toi, prussien perfide,
Qui fais saigner mon cœur et me force à partir,
Prends mes biens, prends mon or, vainqueur lâche et cupide,
Mais, loin de mon pays, ah!... laisse-moi mourir !

    Adieu, pays qui m'a... etc.

II.

Tous mes parents sont là couchés dans la poussière ;
Mais, hélas maintenant, il faut tout oublier.
Insensible à mes pleurs et sourd à ma prière,
Le vainqueur a tué mon époux prisonnier.
Aujourd'hui je suis seule et je cache ma peine,
Aux regards insolents qu'attire ma beauté.
Il ne respecte rien, ni mes pleurs, ni la haine
Que je voue à jamais à tant de cruauté.

    Adieu, pays... etc.

III.

Je pars, mais quel pays sera donc mon refuge,
Quel être généreux voudra me recueillir ?
Va-t-on me repousser en m'appelant transfuge,
Ou bien vais-je trouver des bras pour me bénir ?
Malheureuse ! à vingt ans errer comme une infâme,
Sans pain et sans appui, sans regrets, sans amours!
Mon Dieu, toi si puissant, oh ! protège une femme,
Française par le cœur, qui veut l'être toujours !

    Adieu, pays... etc.

IV.

Voilà, rois ambitieux, où nous mènent vos guerres !
Afin d'être puissants, vous vous faites tyrans.
La France vient de perdre une de ses frontières ;
Vous plongez dans le deuil tous ses meilleurs enfants.
Ici, bien loin de vous, nous souffrons... c'est à peine,
Si l'écho de nos pleurs arrive jusqu'à vous.
Oui, vous avez conquis l'Alsace et la Lorraine,
Prussiens... mais nous saurons braver votre courroux !

Adieu, pays... etc.

GEORGES GRENET, de Nantes.

ESPOIR

Alsace ! Alsace ! ô ma fière Alsace !
Sous tes longs cheveux blonds, tu te couvres la face,
Frémissante de voir cet injuste oppresseur
Qui veut t'assujétir comme ton possesseur.
Toi qui, par tes hauts faits, étonnas tout le monde !
De combien de héros ta terre fut féconde !
Tu ne pus résister ! — Dans un suprême effort,
Reischoffen effraya ces barbares du Nord.
Tu combattis dans vingt batailles mémorables,
Mais ne pus arrêter ces fous inexorables
Qui, avides de sang et la torche à la main,
Pillent, brûlent, tuent, songeant qu'au lendemain

Ils brûleront encor cette magnificence,
Ce splendide pays qu'on appelle la France !
Ils bombarderont tout, voulant voir de leurs yeux
Les flammes s'élever et monter jusqu'aux cieux.
Dans leur joie infernale et dans leur allégresse,
Ils savourent le meurtre avec tant de tendresse
Que, plus la mort, près d'eux, exhale de soupirs,
Plus ils sentent remuer, dans leurs cœurs, de désirs.
O colère insensée ! A toute la nature
Vous fîtes, en délire, une horrible blessure ;
Pour la faire oublier, il faudrait cette ardeur
De bonté, de regrets, que n'a point votre cœur.
Ce n'est pas élogieux une telle victoire,
Et c'est bien éphémère un triomphe sans gloire,
Qui, croyant satisfaire une vaine ambition,
Marque en longs traits de sang, l'habile conception.
— Mais nous avons encor la sublime espérance
Qu'un jour le Dieu vengeur qui protège la France
Armera notre bras d'un funeste courroux
Qui s'appesantira mortellement sur vous....

       Alsace ! Alsace ! ô ma fière Alsace !
Range tes cheveux blonds et découvre ta face ;
Bientôt, j'en ai l'espoir, cet injuste oppresseur
Te rendra, malgré lui, à ton vrai possesseur.

                ALPHONSE BOUVET (Nantes.)

A M. THIERS

Président de la République

Oui, que la France la renie,
Si jamais l'Assemblée oublie
Le service par vous rendu,
Par cette brave et digne armée
Secourant la ville enflammée
Avant que tout n'y fût perdu !

D'avoir sur le bord de l'abîme,
Sauvé l'Ordre, vaincu le Crime,
Elle méconnaît le bienfait !
Elle vous poursuit, vous tracasse,
De ses clameurs, elle vous lasse...
C'est ingrat ce qu'elle vous fait !

A force de soins et de zèle,
Par vous, par le soldat fidèle,
A notre défense apportés ;
Luttant sans peur contre l'orage,
Vous avez sauvé du naufrage,
Et nos biens et nos libertés.

(Avril 1873.)

Jean Cistac, de Montréjeau (Haute-Garonne).

Date lilia plenis.

Manibus virg...

MORT DE Mᵐᵉ D. V. L.

NÉE A LISIEUX.

Elle était ange sur la terre !
    Elle était de vertu
Le plus noble et pur exemplaire
    Qu'ici-bas l'on ait vu.
Son regard, sa voix. son sourire,
    Dépeignant le bonheur,
Attiraient sous leur doux empire
    Et l'esprit et le cœur.
Les purs rayons de sa belle âme
    Venaient tout animer ;
Son front, ses yeux, son port de femme :
    La voir; c'était l'aimer !
Comme la fleur dans la prairie
    Qu'enlève un vent d'Autan ;
Un vent de mort me l'a ravie,
    Vers le ciel l'emportant.
D'où vient cette voix qui m'enchante ?
    Les sons mélodieux,
Les paroles qu'elle chante
    Sont des échos des cieux.
Je l'entends, c'est sa voix, c'est Elle
    Qui, du divin séjour,

Me dit : l'âme vit immortelle
Au sein d'un Dieu d'amour.
J'invoque Dieu, je le supplie,
Plein de foi, plein d'espoir,
Qu'il donne aux deux parts d'une vie
L'heure de se revoir.
Se revoir, ô sainte espérance !
Au séjour enchanté,
Se retrouver après l'absence ;
Dieu, quelle volupté ?

(IDEM)   *Paris, Novembre* 1869

A LA MÊME

SONNET

Vous m'avez laissé seul, bien seul sur cette terre;
De l'absence attristé, de regrets plein le cœur.
Dans ce sentier pénible où saigne ma douleur,
Sans guide, sans appui, sans vous que puis-je faire ?

Adresser au Seigneur la fervente prière
De m'appeler à vous par suprême faveur,
Car la mort est souvent l'ange consolateur.
Quand pourrai-je quitter cette vallée amère,

Disant l'adieu dernier aux choses d'ici-bas,
Voir la fin des douleurs et la fin des combats?
Quand pourrai-je aborder au céleste rivage,

Dans ce séjour de paix et de l'éternité,
Près de vous, près de Dieu, ne craignant plus d'orage,
Goûter le saint bonheur d'un captif racheté ?

(IDEM.)   Montréjeau (Novembre 1873)

A Philosophe, Philosophe et demi

Dans le jardin, voyez, mignonne à peine éclose,
Notre Jeanne bondir, libre de tout lien,
Avec le papillon, l'abeille, avec la rose,
Elle joue, elle rit... mais là-bas qui nous vient ?

Quel est cet homme chauve à figure morose ?
Un pédant; un rhéteur ?... Quoi mieux ? un Littréen !
Il marche le front bas, cherche, et ne trouve rien
Dans son esprit perdu sous quelque effet sans cause....

Il voit Jeanne aux oiseaux riant de tout son cœur,
Aussitôt, envahi par un penser moqueur,
De prendre un air badin : « Bonjour, petite dame,

« Ne me diriez-vous pas la couleur de votre âme ?... »
Alors sur le vilain levant son grand œil bleu :
— Mon âme, dit l'enfant, elle est couleur de Dieu !...

                          *** (de Rennes.)

L'HONNEUR

SONNET

Potius mori quam fœdari.

J'ai vu le sot orgueil, aspirant aux honneurs,
Ravir au vrai mérite une place honorable.
Le sage, méprisant la brigue et les faveurs,
A la voix de l'honneur, vole au succès durable.

A l'avare, au prodigue, à maints spéculateurs,
À ceux que de ses coups un sort cruel accable,
L'honneur semble un vain mot, les vertus des erreurs ;
A leurs yeux la morale est un mystère, une fable.

Mais la croyance au bien, l'esprit de dévouement,
Les nobles passions d'un cœur loyal et libre,
L'enthousiaste élan dont la corde en nous vibre,

Du devoir et du droit, le profond sentiment,
C'est l'honneur... Gloire au sage, au juste, à l'âme pure,
Au brave préférant la mort à la souillure !

J.-M. LIMON,
Juge de paix à Nantes.

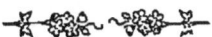

L'ORGUEIL
Sonnet

———

Quand nous lâchons la bride à l'orgueilleuse envie
Quand l'amour-propre altère en nous l'amour du bien,
Toute affection pure à notre âme est ravie.
— A des anges déchus la vertu n'est plus rien. —

La soif d'ambition une fois assouvie,
L'égoïste, rentrant en lui-même, peut bien
Rendre encore la paix à son âme asservie,
S'il veut des passions secouer le lien.

Puisque les vains désirs, la volupté perfide,
L'or même et les grandeurs laissent notre âme vide,
Semant à pleines mains soucis, larmes et deuil ;

Puisque une lie épaisse au fond du vase reste,
— Préférons l'humble vie et le foyer modeste
A la haine, aux remords, fruits amers de l'orgueil.

(Idem.)

———

LA VIE
SONNET

———

Oui, vivre, c'est souffrir ; — mystère ou loi fatale —
La vie, aux yeux du sage, est un tissu de maux,

Versés sur chaque tête à dose presque égale.
L'homme est frère en ce point des autres animaux.

Mais à lui seul les deuils, la souffrance morale,
Mille fois plus pesants que les plus lourds fardeaux ;
A la femme les pleurs, la plainte qui s'exhale
Au milieu des cités comme au fond des hameaux.

Partout des cœurs brisés, des misères poignantes,
Rêve, angoisses, soucis : dans le rayon d'espoir
L'âme en peine découvre encor quelque point noir.

Oh ! s'il vient à fléchir sous les douleurs cuisantes,
L'homme de bien, sentant qu'il touche au vrai bonheur,
Passe au moins de la vie au trépas sans terreur.

(Idem.)

LE DÉPART DE LA GOELETTE
SONNET

Quand l'oiseau de passage, affrontant la distance,
Guidé par son instinct vers de plus chauds climats,
Laisse derrière lui nos brumes, nos frimas,
L'œil au but, dans l'espace avec joie il s'élance.

Toutes voiles dehors, sur l'Océan immense,
Naguère ainsi j'ai vu partir un beau trois-mâts
Pour Montevideo, New-York et Saint-Thomas,
Ports d'un accès facile aux produits de la France.

L'oiseau peut se mouvoir librement dans les airs,
Le hardi nautonier a l'empire des mers :
S'il commande un navire, il devra, sans les craindre,

Conjurer maints périls, veiller la nuit, le jour,
Afin de couronner par un heureux retour,
Sa course, en jetant l'ancre aux ports qu'il veut atteindre.

(Idem.)

PÉRILS DE MER

Sonnet

En face du danger, armé de sa lunette,
Sans prendre garde au bruit tumultueux des flots,
Le commandant transmet maint ordre aux matelots,
Opposant à l'orage une voix ferme et nette.

» A la manœuvre ! » Il est debout sur la dunette,
Calme des passagers les cris et les sanglots,
Lutte contre la mer, comme un brave en champ clos,
Son habile énergie a sauvé la goëlette !

Gloire à qui met sa vie au service d'autrui !
Des vents par sa vaillance il triomphe aujourd'hui ;
Mais pourquoi se bercer d'un espoir périssable ?

Sait-il pas que demain, peut-être en un clin d'œil,
Un ouragan viendra changer sa joie en deuil,
Des sinistres enfin qu'il est seul responsable ?

(Idem.)

UN FAT A UNE COQUETTE

RONDEAU

Oui, c'en est fait, vous avez beau sourire,
Papillonner, caqueter et médire
Dans les salons, au théâtre, au concert,
Autour de vous, il se fait un désert.
Dans vos regards, trop de fierté respire.
A vos appas, dont l'attrait nous attire
Il manque un grain de sympathie, Elvire,
La vanité vous domine et vous perd,
   Oui, c'en est fait.
Des courtisans la foule se retire.
Que n'avez-vous pour garder votre empire
Agi, parlé, toujours à cœur ouvert?
D'un triple airain le vôtre est recouvert ;
L'orgueil l'enchaîne et votre gloire expire,
   Oui, c'en est fait.

RÉPONSE.

D'un sot arrêt, les gens sensés vont rire.
Quoi vous osez me vouer au martyre,
Lorsque dans maint salon qui m'est ouvert
De la fashion l'hommage m'est offert!
Que votre haine à ma perte conspire,
Mais songez-y : calomnie et satire
Glissent sur moi, comme l'eau sur la cire ;

L'honneur suffit pour nous mettre à couvert
D'un sot arrêt.

Dites encore que je rêve un empire,
Que dans le monde aux vains succès j'aspire.
En traits méchants si vous êtes expert,
Ma dignité n'en a jamais souffert.
Charles, voilà tout ce que je veux dire
D'un sot arrêt. *(Idem.)*

❧

ÉLOGE DU MARIAGE

RONDE

———

Pour danser une ronde,
Mes amis, donnons-nous la main ;
Est-il rien en ce monde
De plus beau que l'hymen ?

1.

Trop souvent l'amour est trompeur ;
L'hymen seul nous entraîne
Dans les sentiers du vrai bonheur :
Un tendre amant sans peine,
Grâce à des liens si doux,
Se change en parfait époux.

Pour danser, etc.

2

2.

Dans le succès, dans les revers,
L'hymen, en bon génie,
Répand à flots sur l'univers
La paix et l'harmonie :
Par lui les plaisirs grossiers
Sont bannis de nos foyers.

Pour danser, etc.

3.

Il réalise sous nos yeux
Le paradis sur terre :
Le soldat le plus furieux
Peut-il, même à la guerre,
Attaquer sans trahison
La famille ou la maison ?

Pour danser, etc.

4.

A l'abri d'un œil indiscret
L'oiseau fait sa nichée :
L'hymen aime aussi le secret,
Et sa joie est cachée ;
Une petite maison,
Voilà tout son horizon.

Pour danser, etc.

5.

Si l'homme a, de près ou de loin,
Sur les bras mainte affaire,
Sa femme au foyer n'a qu'un soin,
C'est en tout de lui plaire
Par la grâce et la bonté
Bien mieux que par la beauté.
Pour danser, etc.

6.

L'hymen, pur comme un diamant,
Aux chocs du sort résiste ;
C'est un merveilleux talisman
Pour les gens d'humeur triste :
Ange ou messager du ciel,
Il change l'absinthe en miel.
Pour danser, etc.

7.

Voyez les époux triomphants,
Quand la troupe folâtre
Des grands et des petits enfants
S'ébat autour de l'âtre,
Beaux chérubins dont les yeux
Réflètent l'azur des cieux.
Pour danser, etc.

(Idem.)

NOTRE SEUL ET VRAI MAITRE

Peuples de l'univers, nous n'avons tous qu'un Maître.
Nous devons le servir, l'aimer et le connaître ;
Il créa les humains par sa grande bonté,
Honorons et louons sa sainte Majesté ;
Il gouverne le ciel, il gouverne la terre,
Son regard pénétrant dévoile tout mystère ;
Il est de tous les temps, il habite en tout lieu,
Et la nature entière en lui connaît son Dieu.

Les oiseaux dans les bois par leur tendre ramage
Célèbrent son saint nom et lui rendent hommage :
Nous voyons, tous les ans, sous sa protection,
Reverdir et fleurir la végétation !
Pour le glorifier, la brise toujours pure
Se joint au tendre écho du ruisseau qui murmure ;

Le suave parfum que répand chaque fleur
S'élevant vers le ciel honore le Seigneur !
Oui, tous les animaux annoncent sa puissance ;
Mais l'homme, plus que tout, lui doit obéissance.
Tous les astres des cieux semblent se réunir
Pour le remercier, l'adorer, le bénir.

Ah ! devant lui, mortels, il faut qu'on se prosterne!
C'est notre unique Roi ; tout seul, il nous gouverne.
Il confond l'orgueilleux sans même dire un mot,
S'il le veut, c'est assez, tout lui cède aussitôt.

Ne nous courbons jamais devant sa créature,
Car ce serait lui faire une trop grande injure ;
Ce Maître est vraiment bon ! qu'il reçoive en ce jour
Notre profond respect et notre pur amour !

J. Grolleau, de Nueil.

A MES OISEAUX

Petits oiseaux, ma mansarde enfumée
Est, par vos chants, égayée au matin.
Répétez-moi de votre voix aimée
Les doux refrains qui chassent mon chagrin.

Petit tarin, ta voix pure et flexible
De ses accords me fait battre le cœur ;
Elle me cause une extase indicible,
Et pourtant, toi, tu n'as pas le bonheur.

Car, renfermé dans cette affreuse cage,
Tu te souviens sans cesse des beaux jours
Où tu pouvais, par ton joyeux ramage,
A ta femelle inspirer tes amours.

Petit linot, ta voix fraîche et gentille
Me dit, hélas ! que je suis un geôlier,
En t'empêchant d'aller sous la charmille
Mêler tes chants aux parfums d'un laurier.

Quand tu perchais auprès de la linotte,
Tu gazouillais tes hymnes au printemps;
Mais maintenant il manque à chaque note
Ta liberté, tes amours et les champs.

Petits oiseaux, malgré votre esclavage,
Mangez millet, mourons et fraîches fleurs.
Eveillez-moi, j'aime votre langage,
Chantez toujours, oubliez vos malheurs.

Constant de K. (Dinard.)

LE CHATEAU DU GUILDO

Salut, noble castel aux vieux remparts croulants !
J'aime à voir se dresser tes tours démantelées,
Aux noirs mâchicoulis, aux créneaux pantelants,
D'où pendent en festons les jaunes giroflées,
Sur les rochers moussus que le vague Océan
Couvre deux fois le jour de floconneuse écume ;
Comme un vieux chevalier, dans son grand manteau blanc,
J'aime à te voir drapé dans un linceul de brume.

J'aime à vous contempler, vieilles tours éventrées,
A regarder le lierre envahir vos créneaux,
Couvrir de ses festons vos voûtes effondrées
Qui formaient autrefois de gothiques arceaux.
Sur vos fronts où la ronce aujourd'hui se balance
Et que la ravenelle embellit de ses fleurs,

Jadis ont scintillé de brillants fers de lance
Et de nobles cimiers aux ardentes couleurs.

Que ne puis-je te rendre, ô mon noble castel,
Tout le lustre et l'éclat de ta splendeur antique
Alors que sous l'arceau de ton portail gothique
Retentissait, strident, le cor du damoisel ;
Loin d'être triste, alors, que tu semblais joyeux :
Aux sommets élancés de tes tours menaçantes,
Au-dessus des créneaux, en longs plis onduleux
Flottaient les fiers pennons, aux couleurs éclatantes.

Alors retentissaient sous les voûtes obscures
Des pages, des varlets, les rires et les chants ;
Les chevaliers couverts de leurs lourdes armures
Les faisaient résonner à leurs rudes accents.
Parfois d'un ménestrel la harpe voyageuse
Les faisait retentir d'harmonieux concerts ;
Des nobles écuyers la cohorte joyeuse
Du poëte écoutait et les chants et les vers.

A ces récits touchants qui de la noble Ysonde
Et du jeune Tristan chantaient la tendre ardeur,
La dame de ces lieux, la châtelaine blonde;
Sentait ses beaux yeux bleus se voiler de langueur,
Et son page chéri, tout frémissant d'ivresse
Voyait avec transport de sa reine d'amour
Bondir le sein d'albâtre, aux hymnes de tendresse
Que, sur sa harpe alors, chantait le troubadour.

                              H. GORON (hors concours).

BARCELONNE

La reine du Midi, la riche Barcelonne,
Etend le long des flots ses forts et ses palais,
Et ceint son noble front d'une verte couronne
De jardins où fleurit l'oranger en bosquets.
Deux sentiments divins, deux rêves que l'on aime,
Liens de l'homme au ciel : l'amour, la liberté !
Chers aux cœurs catalans, sont le divin poëme
Dont les chants tour à tour animent la cité.

Ecoutez ce doux chant mollement modulé
Qui mêle ses soupirs à ceux de la guitare
Et monte lentement vers ce balcon voilé.
Sous les rideaux soyeux, amoureux et cher phare,
Parfois de deux beaux yeux luit la brillante flamme,
Et l'écho nous redit des sons plus doux encor
Et l'amant qui délire aux rêves de son âme,
Aux soupirs de son cœur, donne un nouvel essor.

Mais quelle voix répand sous la voûte azurée
Comme un écho divin du céleste séjour ?
De ce suave accent mon âme est enivrée,
Est-ce un baiser d'hymen, est-ce un frisson d'amour ?
Accent doux, enchanteur, qui chante et qui soupire,
C'est la voix d'une vierge, à son premier printemps,
Qui le cœur inondé d'un chaste et pur délire,
Jette au ciel étoilé l'hymne de ses quinze ans.

Ah! qu'il est doux d'entendre aussi sous les platanes
Retentir dans la nuit des sons harmonieux
Et de voir vaguement les brunes Catalanes
Danser dans l'ombre aux sons de l'orchestre joyeux,
Et que j'aimais le soir, au jardin des *Délices*,
A voir tourbillonner les agiles danseurs,
Dans un cercle rapide, au gré de leurs caprices,
Entraînant des beautés fraîches comme des fleurs.

Mais si l'amour est cher à ces fiers Catalans,
S'il fait trembler leurs cœurs au fond de leurs poitrines,
S'il inspire à leurs voix de si tendres accents,
C'est que la Catalane a ces formes divines
Des nymphes dont l'Albane arrondit les contours ;
C'est qu'elle a des cheveux aux longs reflets bleuâtres,
Des appas modelés par la main des amours
Au coloris plus pur que celui des albâtres.

H. Goron (hors concours).

JE T'AIME

ÉLÉGIE

Ma Léonor enfin, ce mot si doux : « Je t'aime, »
De ta bouche de rose, ô mon ange, est sorti ;
Ce mot que l'on chérit jusque dans le ciel même,
A dans mon cœur heureux doucement retenti.
Ineffable moment où de ta main tremblante

Je serrai dans les miens tes doigts blancs et rosés ;
Où pressant sur mon sein ta gorge palpitante
Je lisais ton amour dans tes yeux adorés ;
Où l'amour malgré toi s'exhalant de ton âme
Combattait en vainqueur ta mourante pudeur ;
Où tes tendres soupirs me dévoilaient ta flamme,
Ton souvenir toujours fera battre mon cœur.
« Sois pour toujours, disais-je, et ma muse et ma reine,
» Je ne rêve pour toi que bonheur et qu'amour ;
» Viens, toi, dont la beauté t'a fait ma souveraine
» Pour calmer mes tourments, me redire à ton tour,
» Ce mot, ce tendre mot que moi dans mon délire.
» Dans mes transports ardents, par tes traits inspirés,
» J'ai répété cent fois, que mon cœur qui soupire
» Conserve pour jamais, en traits de feu gravés. »
Tu n'étais plus à toi, cette ineffable ivresse
Que mes tendres accents portaient jusqu'à ton cœur,
Fit couler de ta bouche, ouverte à la tendresse,
Ce mot qui m'a rendu le calme et le bonheur,

Et maintenant, chère ange, idole de mon âme,
Ensemble redisons, ce mot cher à ton cœur ;
Viens m'entendre chanter tes charmes et ta flamme
Et te sentir mourir aux accents du bonheur.

H. GORON (hors concours).

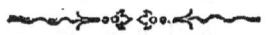

EXTASE

Je sens mon cœur vibrer comme une lyre
Et murmurer d'ineffables concerts ;
Objet chéri de ce divin délire,
Viens écouter mes soupirs et mes vers.
Viens, Rosalie, idole de mon âme,
Ange échappé du céleste séjour,
Toi, dont les yeux pleins d'une douce flamme,
Ont, dans mon cœur, mis l'ivresse et l'amour.

Esprits divins dans les célestes sphères,
Vous qui planez par l'amour soutenus,
Emportez-moi sur vos ailes légères
Pour contempler ces mondes inconnus,
Et qu'enlevé sur vos ailes de flamme,
J'assiste enfin aux concerts enchantés
Dont on entend dans les rêves de l'âme
De doux échos faiblement répétés.

Frais chérubins dont les concerts magiques.
Font résonner les mondes éthérés ;
Esprits de feu de vos chants angéliques,
Venez charmer tous mes sens enivrés ;
Et toi, belle ange, aux regards pleins d'ivresse,
Viens, suis au ciel mon vol audacieux,
Ma Rosalie, objet de ma tendresse,
Viens recevoir mon encens dans les cieux.

Ton aspect seul, dans mon cœur en délire,
Jette l'ivresse et l'extase divins
Et sous mes doigts mon amoureuse lyre
Murmure alors des chants cythéréens.
Ses doux accents célèbrent ton empire,
Tes frais appas, tes charmes enchanteurs :
Dans un baiser, mon chant parfois expire
Pour éclater en accords plus flatteurs.

Plaintes d'amour, doux soupirs d'innocence
D'un cœur d'enfant qui rêve le bonheur ;
Soupirs de vierge à son adolescence,
Bouton rosé prêt à devenir fleur,
Qui de l'amour entrevoit le mystère ;
Sont les accents que mes doigts inspirés
Savent trouver sur la lyre légère,
Pour célébrer tes charmes adorés.

H. GORON (hors concours).

A ROSALIE
ELÉGIE

Règne à jamais sur mon âme attendrie
Toi dont le charme enivre encor mon cœur,
Toi qui pouvais, charmante Rosalie,
Seule, ici-bas, me donner le bonheur.

Le sort cruel en m'arrachant tes charmes
N'a pu du moins m'ôter ton souvenir :
Du haut des cieux tu fais couler mes larmes
Et de mon sein s'échapper le soupir.

Toujours je rêve à ces jours bienheureux,
Trop courts moments d'ivresse et de délire
Où je lisais mon bonheur dans tes yeux
Et le chantais mollement sur ma lyre ;
A ces beaux jours où je pouvais encore
Les caresser tes charmes adorés,
Plus enchanteurs que ceux d'Eléonore,
En vers heureux par Parny célébrés.

O jours d'hymen ! quelle ineffable ivresse
Nous retenait dans des nœuds enchantés,
Où nos deux cœurs, unis par la tendresse,
Ne respiraient que pour les voluptés ;
Pour vous chanter ma lyre encor soupire :
Ton nom chéri la fait vibrer toujours,
Ma Rosalie, ange de mon délire,
Sois à jamais l'ange de mes amours.

H. Goron (hors concours).

ÉCHOS CYTHÉRÉENS

Viens me donner, chantre d'Eléonore,
Ces doux accents, ce style harmonieux
Dont tu peignis ces plaisirs qu'on adore

Et sur la terre et jusque dans les cieux.
Anacréon, viens me prêter la lyre
Qui, sous tes doigts, rendait de si doux sons.
Je veux chanter l'ange de mon délire,
Ma Rosalie aux ardents cheveux blonds.

Anges du ciel, chantres du Paradis,
Doux Séraphins aux accents angéliques,
Vous qui charmez les célestes parvis
De vos concerts et de vos doux cantiques ;
Que n'ai-je aussi vos voix pleines de flamme,
Au timbre pur, aux célestes accents,
Pour te chanter, idole de mon âme,
Ma Rosalie aux longs cheveux ardents.

Brises du soir, murmures du zéphyre,
Parfums, soupirs des prés cythéréens,
Qui charmez l'âme aux instants du délire
Comme un écho des champs élyséens ;
Dans un concert d'amour et d'harmonie,
Je veux unir vos accents éthérés
Pour te chanter, divine Rosalie,
Houri du Nord aux longs cheveux dorés.

Hymnes divins que chantaient les Syrènes
Dont les doux sons d'amour faisaient mourir ;
Soupirs voilés, divines cantilènes,
Que l'âme chante aux heures du plaisir ;
Concerts heureux, céleste mélodie,

Plaintes d'un cœur qui s'éveille à l'amour ;
Je veux unir pour charmer Rosalie
Tous ces échos du céleste séjour.

H. Goron (hors concours).

PERLE D'ASSUR

Oh ! qui pourra jamais, ange de mon délire,
De tes appas charmants en vers harmonieux
Célébrer dignement sur l'érotique lyre
Le coloris d'albâtre et les contours heureux.
Quand j'aurais de Parny la touchante harmonie,
D'Anacréon l'ivresse et de Sapho l'ardeur,
Pourrais-je te chanter, divine Rosalie,
Et peindre ta beauté, mes feux et mon bonheur ?

La rose de Sarons, le lys de l'Idumée
Sont moins purs de couleur que toi, fleur embaumée ;
La perle recueillie aux tièdes flots d'Assur
A des reflets moins doux que tes beaux yeux d'azur.
L'or vierge rapporté des rivages d'Ophir,
A des reflets moins chauds, une couleur moins pure
Que tes sourcils dorés, voile qu'a la nature
Comme un réseau jeté sur tes yeux de zaphyr.

De son teint ravissant la fraîcheur virginale
Vous surpasse en éclat, roses de Jéricho ;
Les feux de la topaze et de la riche opale
Ont des rayons moins vifs, ont un reflet moins chaud,

Que tes longs cheveux blonds, opulente parure
Couronne aux rayons d'or, diadême vivant,
Que sur ton front d'albâtre a posé la nature
Pour te couronner reine aux yeux de ton amant.

H. GORON (hors concours.)

LA NORWÉGIENNE DE TROMSŒ

REFRAIN.

Sous le ciel froid de Laponie
Dans Tromsœ, j'ai reçu le jour.
Norwège ! ô ma froide patrie :
A toi mon cœur et mon amour.

Mon pays n'a point la douceur
De l'heureux climat des Espagnes,
De l'oranger jamais la fleur
N'a paré ses froides campagnes.
Jamais des zéphyrs amoureux
Les douces et tièdes haleines
N'ont semé de fruits savoureux
Ni nos collines ni nos plaines.

Les glaçons qui couvrent la terre
Pendant un hiver de six mois,
A descendre au cercle polaire
Forcent les rennes quelquefois.
Mais le foyer c'est la patrie !
Dans mon pays on sait toujours

Près d'une famille chérie
Passer sans ennui ces longs jours.

Dans ma froide et pâle Norwège,
On s'aime souvent mieux qu'ailleurs,
L'amour y sourit sous la neige,
Sous la glace, il brûle les cœurs.
Bien plus l'amour toujours fidèle
N'y connaît que de vrais amants ;
Dans Tromsœ jemais une belle
N'a vu d'amoureux inconstants.

Fidélité pure, chérie,
Toi, la première des vertus.
Règne toujours dans ma patrie,
Toujours accompagne Vénus.
Doux précurseur du mariage,
Tendre amour chez nous adoré,
Tu nous charmes dès le jeune âge :
Ah ! saurait-on trop tôt s'aimer ?

Qu'on célèbre des Andalouses,
Les yeux brillants, les noirs cheveux
Nos filles n'en sont point jalouses,
Car nous préférons leurs yeux bleus.
Nous aimons mieux le teint de neige
Le coloris plein de fraîcheur
Des blondes filles de Norwège,
Leur embonpoint et leur douceur.

H. GORON (hors concours).

LE PRINTEMPS

Voici que là nature sort de son long sommeil : arrière les frimas et les autans, plus de prés engloutis sous les mares, de bois dépouillés, de champs à l'aspect triste et sévère.

Voyez dans les vallons comme tout, secouant la torpeur d'un long repos, s'éveille aux premières lueurs d'un beau jour. Aujourd'hui s'étalént les fleurs aux milles nuances, riche appât pour l'abeille qui viendra y butiner. Séduits par leur aspect enchanteur, tous y veulent accourir, depuis le bruyant moucheron jusqu'au papillon aux ailes d'azur. Déjà celui-ci essaie la puissance de son vol ; timide au premier jour, c'est à peine s'il ose s'élancer dans l'espace, tant il a peur de la moindre goutte d'eau, dommage certain pour ses couleurs éclatantes, des épines dont le dard transpercerait sa délicate parure. Mais bientôt enhardi par un soleil vivifiant et sans se soucier d'un ennemi dont les yeux brillent de convoitise, il se laissera voluptueusement bercer au gré des zéphirs, puis tout fier de sa beauté, il ira, l'orgueilleux, se poser sur quelque fleur au doux parfum pour étaler son riche manteau. Pauvre papillon ! grâce pour lui : laissez-le jouir en paix des heures que la Providence lui donne.

Et vous, forêts majestueuses, vous reprenez ce feuillage, votre plus bel ornement, dont l'ombre pleine de charmes attire le berger suivi de brebis à la riche toison, le laboureur dont le front ruisselle, le pélerin à sa dernière halte avant de reposer sa tête sous un toit hospitalier ; une jeunesse insouciante, couronnée de guirlandes, se promet de vous prendre témoins de ses jeux, de danser une ronde joyeuse au milieu des cris et des chants d'une gaieté folâtre ; ce sont vos profondeurs silencieuses que choisit pour son sanctuaire l'oiseau au vol hardi. Votre aspect lugubre les avait éloignés, ces hôtes au plumage si beau ; les voilà revenus pour confier à vos solitudes leur délicieuse harmonie. Tandis que la tourterelle, la douce tourterelle, vient, rapide comme l'éclair, se cacher au plus épais du feuillage, y roucouler loin des regards indiscrets, le pinson choisit son air le plus gai pour confondre ses rivaux. Là, réjoui de cette ère nouvelle, l'oiseau s'associe au réveil de la nature et soupire près de sa compagne une complainte amoureuse ; puis tous deux poussant un léger cri s'en vont quérir paille et mousse ; les voyez-vous chargés de leur trouvaille se glisser mystérieux sous la feuille afin d'y construire leur nid ; quelle activité, quelle patience, quel art déploient ces mignons architectes , bien sûr, ni la pluie, ni la violence des tempêtes ne sauraient ébranler un aussi délicat et pourtant si solide édifice. Comme il est bien dissimulé ! il faudra que la main de l'enfant cruel soit bien heureuse pour le découvrir, tant nos petits artistes ont fait preuve de génie digne d'un meilleur sort.

Au loin s'étend la vaste plaine où se montrent aux yeux charmés des moissons riches d'espérance ; à peine le soleil réchauffe-t-il la terre féconde de ses rayons bienfaiteurs que les blés surgissent pleins de vie, nombreux comme les

grains de sable qui couvrent les rivages de l'immense
océan. Ne semble-t-il pas à les voir qu'ils aient hâte
d'annoncer la récompense de la main infatigable qui, malgré les intempéries, a su tracer le pénible sillon. C'est là
que l'alouette, mère vigilante, garde ses petits de dangers
sans cesse renaissants, de tant d'ennemis acharnés. A
peine le ciel se colore t-il des premiers feux de l'aurore
que la perdrix y pousse son chant d'appel qui rassemblera
sa tendre couvée et que la caille fait retentir au loin, de
son cri joyeux et perçant les collines d'alentour.

Mais si votre regard s'élève, admirez ces coteaux où la
vigne rajeunie montre avec orgueil ses pampres magnifiques ; comme une jeune fille coquette au sortir d'un deuil
elle a en toute hâte repris ses plus beaux atours. O
Bacchus ! un si doux spectacle ferait tressaillir tes entrailles
d'aise et de plaisir ; rempli d'une verve divine tu voudrais
en des accents dignes de ton nom, entonner de ta voix
vibrante un gai refrain des vendanges.

Quel est ce bruit qui frappe les airs ? C'est un torrent
sinueux comme les rives du Méandre dont les eaux, dans
leur course impétueuse, mugissent contre les rochers aux
formes bizarres semés sur leur passage. Ce n'est plus ce
torrent fougueux, qui sorti de ses limites, avait répandu
l'effroi dans la vallée et dont la furie, se riant de vains
obstacles n'avait respecté ni les champs fertiles, ni les gras
troupeaux aventurés dans la prairie, ni même le seuil des
chaumières; revenu au calme le plus profond, il coule sur
mille cailloux une onde aussi pure que le cristal jaloux de
laisser croître sur ses rives verdoyantes l'humble violette et

le superbe bouton d'or. Au-dessus s'élèvent une longue file
de peupliers et d'aulnes au port majestueux ; mais écoutez
ce bruissement des feuilles où se joue un souffle léger : quelle
fantaisie dans les tons, quels accords toujours nouveaux !
C'est un murmure qui touche comme une caresse l'artiste
couché près de l'eau limpide étincelant aux rayons d'un
soleil printanier. Sous la voûte du firmament qu'aucun
nuage n'obscurcit, son imagination enflammée d'un pur
enthousiasme erre avec délices au gré d'un rêve plein de
merveilleuses illusions.

Qui s'en étonnerait ! Que de grâces en effet et de poésie
dans une belle journée de printemps. L'astre radieux n'a
pas illuminé l'horizon que déjà la nature un instant endor-
mie, renaît avec son aspect le plus séduisant. Rossignols,
combien votre mélodie à nulle autre égale, tient mes sens
étonnés autant que ravis ! Chèvrefeuilles, que j'aime votre
fleur au doux parfum que balance la brise matinale ! La
plante délicate avait fermé son calice aux riches nuances
pour y garder l'éclat de la fraîcheur de la nuit. voici
qu'elle l'étale de nouveau, désireuse de fixer les regards,
surpris de son élégante beauté. Il s'échappe au sein de
l'air embaumé, frais et vivifiant, un je ne sais quoi au-
dessus de la meilleure description, impossible à connaître
pour l'âme qui ne l'a ressenti : c'est une émotion pleine
de charmes qui remplit le cœur d'une joie sans mélange
et d'un vif élan de reconnaissance pour l'auteur de cet
ouvrage si grandiose dont l'homme avec son intelligence
bornée ne peut, hélas! qu'entrevoir la touchante harmonie.

FÉLIX LUNEAU (de Vieillevigne), (Loire-Inférieure).

INAUGURATION DU CHEMIN DE FER

de

MONTRÉJEAU A BAGNÈRES DE LUCHON

10 Juin 1873

La gare de Montréjeau était en fête, le 10 juin, pour recevoir la commission de réception qui devait arriver ce jour-là, à quatre heures et demie, et explorer la voie d'embranchement de Montréjeau jusqu'à Luchon. A l'heure dite, le train est annoncé, il est arrivé. Descendu des hauteurs de Lannemezou, il a en réserve toute la puissance de sa vapeur. On le dirait impatient de repartir ; il fume, il frémit dans l'attente du signal. Quelques minutes se sont à peine écoulées, un faible sifflet a lieu, la marche a recommencé.

Cette belle vallée de la Garonne, où le train vient de s'engager, est bien une des plus attrayantes des Pyrénées. Elle est spacieuse pendant vingt kilomètres, jusqu'à Cierp ; là, elle se bifurque, formant ainsi deux vallées, celle de gauche se dirigeant vers Saint-Béat et le val d'Aran, celle de droite allant à Luchon et le port de Venasque. C'est par celle-ci que passe le chemin de fer et arrive à ses dernières limites.

En abordant la vallée de la Garonne, on laisse, à droite, la ville de Saint-Bertrand-de-Comminges, située sur un mamelon, dont une magnifique cathédrale occupe le point culminant. A gauche, c'est le village de Barbazan assis au bord de son lac profond et couronné par son château-fort. On franchit la Garonne sur un pont de marbre ; on traverse Loures et son enceinte de peupliers et de prairies ; on cotoie le joli village de Luscan et le château de M. de Goulard, l'ancien ministre, aujourd'hui vice-président de l'Assemblée nationale. Bertrens dépassé et Bagiry atteint, une vaste plaine se découvre ; elle est unie et très-fertile.

circonscrite par des montagnes plus élevées. Dans les limites de son harmonieux contour, l'on ne compte pas moins de dix ou douze villages étagés par les versants et, à l'extrémité du couchant, les bains de Sainte-Marie et de Siradan.

A Cierp, la nature change de scène; elle est plus sévèrement accentuée ; le contraste est frappant. Les montagnes s'élèvent, leur forme est abrupte et leurs flancs sont couverts jusqu'aux cimes de forêts de hêtres et de sapins. La vallée est ici tellement rétrécie, que le cours du torrent occupant tout l'espace, le chemin de fer a dû s'ouvrir de force une voie dans le granit.

Le train qui vient de quitter la station de Marignac, dépasse bientôt Cierp et s'avance pantelant vers la vallée luchonnaise : la montée sera rude, il a besoin de tendre tous ses muscles d'acier pour livrer l'assaut.

Dans cette gorge étroite, tous les rochers suintent des filets d'eau limpide qui descendent à travers les prés inclinés et vont joindre le torrent qui déchire le pied des arbres enracinés sur les bords Quelques villages d'aspect misérable, dont les habitations ressemblent plutôt à des huttes qu'à des maisons, sont répandus çà et là. Le train semble avoir hâte de quitter ces lieux ; encore quelques efforts de sa locomotive, et l'on voit l'horizon se découvrir progressivement ; on touche au terme du voyage ; on aperçoit les toits en ardoises de Bagnères.

> Bouillant encor dans sa chaudière ;
> Le train jette son dernier cri,
> Puis, arrêtant sa course altière,
> Dit aux spectateurs : Me voici !

Bagnères de Luchon, comme on le sait, est bâti à l'ouest d'une assez large vallée circulaire, formée par de hautes montagnes. Quel site enchanteur ! Nombreux châlets, allées de platanes et de sycomores, cascades ruisselantes, cours d'eau limpide, frais ombrages, vertes pelouses …

Rien ne lui fait défaut ; aussi quel concours de baigneurs et de touristes ! Mais les jouissances que la société y procure ne sont pas les seules que l'on puisse y rencontrer. Que de fois, lorsque l'on s'élève vers les cimes, on est frappé d'admiration devant cette nature grandiose et ces magnifiques spectacles, et alors, la pensée s'élève et s'élargit, l'âme est saisie d'émotions sublimes, pendant que l'air pur des montagnes, imprégné d'odeurs des sapins, répare et fortifie le corps.

Enfin, le voilà définitivement ouvert, ce chemin de fer si désiré ! mais il s'arrête auprès de ces énormes montagnes qui forment le dernier rempart à escalader ou à transpercer pour que la France donne la main à l'Espagne, et c'est seulement alors que l'on pourra dire enfin avec plus de vérité qu'autrefois : *Il n'y a plus de Pyrénées.*

Grâce donc au génie de l'homme, les barrières que la nature avait élevées entre les peuples, sont annulées, les distances abrégées, les rapports plus faciles. Mais quand les inimitiés internationales, les autres barrières, disparaîtront-elles à leur tour ?

JEAN CISTAC, de Montréjeau (Haute-Garonne.)

Le nombre trop restreint des pièces en prose poétique n'ayant pas permis de décerner de prix, une *Mention honorable* a été accordée néanmoins à M. CISTAC pour la pièce qui précède.